CB069702

O POMBO-TORCAZ

ANDRÉ GIDE O POMBO-TORCAZ

Tradução
MAURO PINHEIRO

Preâmbulo
CATHERINE GIDE

Prefácio
JEAN-CLAUDE PERRIER

Posfácio
DAVID H. WALKER

Estação Liberdade

Título original: *Le ramier*
© Éditions Gallimard, 2002
© Editora Estação Liberdade, 2009, para esta tradução

Preparação	Fabiano Calixto e Heitor Ferraz
Revisão	Jonathan Busato
Assistência editorial	Leandro Rodrigues
Composição	Johannes C. Bergmann
Capa	Estação Liberdade
Imagem da capa	André Gide (1948). © Akg-Images/LatinStock
Editores	Angel Bojadsen e Edilberto F. Verza

CIP-BRASIL. CATALOGAÇÃO-NA-FONTE
Sindicato Nacional dos Editores de Livros, RJ.

G385p
Gide, André, 1869-1951
  O pombo-torcaz / André Gide ; tradução Mauro Pinheiro ; [preâmbulo Catherine Gide ; prefácio Jean-Claude Perrier ; posfácio David H. Walker]. - São Paulo : Estação Liberdade, 2009.

Tradução de: Le ramier
ISBN 978-85-7448-162-3

1. Conto francês. I. Pinheiro, Mauro, 1957-. II. Título.

09-3557.   CDD: 843
                                                    CDU: 821.133.1-3

Todos os direitos reservados à
Editora Estação Liberdade Ltda.
Rua Dona Elisa, 116 | 01155-030 | São Paulo-SP
Tel.: (11) 3661 2881 | Fax: (11) 3825 4239
www.estacaoliberdade.com.br

Sumário

Preâmbulo
    Catherine Gide   9

Prefácio
    Gide ou a eterna juventude
    Jean-Claude Perrier   11

O pombo-torcaz   21

Posfácio
    David H. Walker   39
    I. *O pombo-torcaz*   39
    II. *André Gide e Eugène Rouart:*
        assumir a homossexualidade   60

Preâmbulo

Entre os papéis de meu pai, encontrei um pequeno conto erótico, datado de 1907, intitulado *O pombo-torcaz*. Por várias razões, de amizade ou de moral, Gide não o publicou. Depois, atraído por novas aventuras e trabalhos importantes, perdeu o texto de vista. Quanto ao episódio relatado, com certeza não lhe seria necessário vê-lo publicado para guardá-lo na lembrança. Basta ler o conto para sentir seu prazer em narrá-lo.

Poderá essa iniciação amorosa ainda nos emocionar? Certamente, a conivência dos dois parceiros nos comunica uma sensação de frescor e poesia, e o conto transmite ao leitor a emoção da descoberta erótica, a alegria da cumplicidade, a vitória do desejo e do prazer partilhados.

Considero este breve texto pleno de alegria de viver. Não há qualquer indício de perversidade. Ele confirma que é injusto e falso falar de "comportamentos orgíacos" no caso de Gide. Isso não tem nada a ver com ele.[1]

É então uma narrativa iniciática cheia de nuances, casta, numa época em que muitas publicações se concentram na sexualidade mais crua. Não será esta uma razão suplementar para publicá-la?

Catherine Gide
Primavera de 2002

---

1. Para citar duas publicações recentes: Jean-Marie Rouart, *Une famille dans l'impressionnisme* [Uma família no impressionismo], Gallimard, 2001, p. 102; Simon Leys, *Protée et autres essais* [Proteu e outros ensaios], Gallimard, 2001, *passim*. Vejamos mais uma vez esta passagem de *Se o grão não morre*: "[Eu] só entendo o prazer face a face, recíproco, sem violência"; "[...] frequentemente, semelhante a Whitman, o contato mais furtivo [me] satisfaz [...]." (In André Gide, *Souvenirs et voyages* [Lembranças e viagens], edição de Pierre Masson com a colaboração de Daniel Furosay e de Martine Sagaert, Gallimard, "Bibliotèque de la Pléiade", 2001, p. 312.)

Prefácio

Gide ou a eterna juventude
Jean-Claude Perrier

Desde o verão de 1907, estava adormecido entre os papéis de André Gide este *Pombo-torcaz*, encontrado fortuitamente por sua filha Catherine, que, para nosso grande prazer, concordou em publicá-lo. Um inédito absoluto de Gide que surge quase um século após ser escrito, o que é algo surpreendente! Como acontece — em menor dimensão — com *Os moedeiros falsos*, existe o texto do *Pombo-torcaz*, a história do *Pombo-torcaz*, ou seja, Ferdinand, e a história do texto do *Pombo-torcaz*. Só falta o *Diário do Pombo-torcaz*...

Gide apreciava, nós sabemos, essas perspectivas literárias *en abyme*[1] que se confundem.

O pombo-torcaz, portanto, é um conto ("sete folhas bem grandes", anota Gide em seu *Journal*, no dia 1º de agosto de 1907) em que ele narra a extraordinária noite de 28 de julho, passada por ele em Bagnols-de--Grenade, perto de Toulouse, na residência de seu amigo Eugène Rouart, e em companhia de Ferdinand Pouzac, segundo filho de um criado da fazenda de Rouart.[2] Uma noite? Melhor dizer algumas horas, posto que a noitada começou com uma festa em Fronton, onde Gide participava da celebração da vitória tranquila de Rouart no conselho administrativo

---

1. Gide elaborou a teoria da *mise en abyme*, termo que ele buscou na heráldica, para indicar um jogo de espelhamento dentro da narrativa. Segundo o estudioso Lucien Dällenbach, esse procedimento consiste num excesso semântico permitindo à narrativa se tomar por tema, produzindo um "metatexto". [N.E.]
2. Cf. o estudo minucioso de David H. Walker no posfácio da presente obra.

(Eugène Rouart persistiria em sua carreira política, tornando-se senador de Haute-Garonne). Em seguida, graças à gentileza de seu amigo, Gide conseguiu escapar com o adolescente — ele acreditava que Ferdinand tivesse quinze anos, na verdade tinha dezessete —, e experimentar entre seus braços, dentro do quarto, a volúpia. Convém observar que o apelido de Ferdinand, o Pombo-torcaz, pelo qual os compadres (Gide, Rouart e Ghéon) o designarão para sempre, foi-lhe dado "porque a aventura do amor o fazia arrulhar suavemente durante a noite", escreveu Gide. Sem nos alongarmos sobre as circunstâncias da aventura em si, e no seu "erotismo pleno de alegria de viver", como descreveu Catherine Gide, poderemos perceber que Gide considera o adolescente um tanto desenvolto, tendo mesmo lhe feito proposições explícitas de felação. "Eu o detive em seu gesto, sendo eu mesmo pouco vicioso, opondo-me a estragar com algum excesso grosseiro a lembrança que iria nos deixar aquela noite", escreveu ele, intimidado. Gide, que alguns descreveram complacentemente como um perverso subornador, apreciava, como sabemos, e ele mesmo escreveu repetidas vezes, uma prática adolescente da sexualidade, contentando-se com "o mais furtivo contato" com jovens que sempre manifestavam consentimento, e até mesmo audácia.

O fato é que aquela noite de 28 de julho de 1907 deixa no escritor, quase quarentão (Gide nasceu em 1869) e já com mais de vinte livros publicados, alguns de extrema importância (*Paludes*, 1895[3]; *Les Nourritures terrestres*, 1897[4]; *L'Immoraliste*, 1902[5]), uma recordação emocionada e perene: "Saltitante e feliz, eu

---

3. *Paludes*, tradução Marcella Mortara, Rio de Janeiro: Nova Fronteira, 1988.
4. *Os frutos da terra*, tradução de Sérgio Milliet, São Paulo: Difusão Europeia do Livro, 1961.
5. *O imoralista*, tradução de Theodomiro Tostes, Rio de Janeiro: Globo, 1947.

teria caminhado léguas; sentia- me dez anos mais jovem." Com certa urgência, escreveu a narrativa dessa noite seminal — quase tanto quanto seu encontro, em 1895, na África do Norte, com o jovem Mohammed; e Gide relacionará os dois episódios, em 1910, após a morte de Ferdinand — de uma só vez, porém não sem dar os últimos retoques no texto, como atestam as passagens rasuradas e corrigidas no manuscrito. De tal maneira que, quando retorna à sua casa na Normandia, em Cuverville, em 1º de agosto de 1907, *O pombo-torcaz* está concluído — guardado dentro de um envelope. Ele o lê, no dia 9 de agosto, para seu amigo Jacques Copeau, temeroso de sua reação. Este, contudo, admite ter ficado emocionado.

Ferdinand voltou às vidas de Rouart, Ghéon e Gide quando, enfermo, os dois primeiros foram visitá-lo no hospital e cuidaram dele. E outra vez quando faleceu, em 1910. Por fim, em 1921, ele aparece na margem do manuscrito de *Se o grão não morre*. *O pombo-torcaz*, por sua vez, deveria ter virado um romance, particularmente pela pluma de Eugène Rouart. Ignoramos se o escreveu. Mas pode ser que o conto de Gide, cuja existência ele conhecia, apesar de não ter lido, tenha dissipado sua inspiração.

Gide nunca publicou este texto, ele que, no entanto, não tinha o costume de conservar seus inéditos para si, incluindo aqueles de caráter pessoal. Talvez justamente este texto, uma exceção à regra, ele o considerasse demasiado íntimo, demasiado "explícito". E talvez tenha cedido aos conselhos de alguns de seus amigos, como o prudentíssimo Roger Martin du Gard. O que não impediu que *O pombo-torcaz* fizesse escorrer muita tinta nas penas dos ensaístas e biógrafos. Como por exemplo, o bilioso José Cabanis, em *Dieu et la NRF* [Deus e a NRF][6], no

---

6. Gallimard, 1994.

capítulo dedicado a Henri Ghéon, que comenta com detalhes este episódio. Claude Martin, por sua vez, em seu *André Gide ou la vocation du bonheur* [André Gide ou a vocação da felicidade][7], biografia cuja sequência ainda é aguardada (será preciso um dia explicar essa "maldição", porque ninguém conseguiu ainda escrever a história completa e definitiva da vida de Gide, de seu nascimento à sua morte, ao passo que sua juventude já foi minuciosamente estudada, especialmente por Jean Delay), menciona o episódio e, numa nota, ele observa: "Gide contou com detalhes aquela noite com o 'Pombo-torcaz' [...], sete folhas, texto mantido inédito, mas cuidadosamente guardado dentro de um envelope amarelo, que foi conservado (arquivo de Catherine Gide)." Mais uma vez, esse envelope amarelo, tentador. Percebe-se a frustração, compreensível, do pesquisador.

---

7. Fayard, 1998.

Hoje, enfim, podemos descobrir *O pombo-torcaz*, com todo seu "frescor" e sua "poesia", como destaca o texto de Catherine Gide. Sim, frescor e poesia. Sabe-se que, durante sua vida, Gide foi atacado por tartufos, por conformistas de todos os horizontes, que usando como pretexto seus hábitos, suas confissões, relegaram sua obra à lista negra e seu autor ao desprezo. Mesmo hoje em dia, essa crítica rancorosa renasce às vezes das cinzas, tendo por base uma suposta *political correctness*. Deixemos essas criaturas de lado. O próprio Gide, acuado em seu reduto e ferido por um panfleto ignóbil — e corajosamente anônimo — publicado em 1931, escreveu a Martin du Gard essas linhas, citadas por Claude Martin: "Perverter a juventude! Como se a iniciação à volúpia, em si, fosse um ato de perversão! É exatamente o contrário! Esquece-se, ou melhor, ignora-se o que acompanha essas carícias, e a atmosfera de confiança, lealdade e nobre emulação em que nascem e se desenvolvem essas espécies de amizade! [...] Posso fazer justiça a mim mesmo: sobre esses jovens que vieram a mim, minha influência sempre foi útil e saudável. E não há aí nenhum paradoxo: meu papel sempre foi *moralizador*. Sempre consegui exaltar o que havia de melhor neles! Quantos rapazes, já envolvidos com maus hábitos, eu trouxe de volta para o bom caminho, que, sem mim, teriam se abandonado a seus instintos mais vis, e se extraviado definitivamente! Quantos revoltados, preguiçosos, hipócritas, mentirosos escutaram meus conselhos e tomaram o gosto pelo trabalho, pela honestidade, pela retidão e pela beleza! Graças, justamente, a essa atração recíproca, essa recíproca afeição..."

Uma autodefesa, talvez, mas também uma confissão emocionante de um homem vitimado pelos ataques repetidos de seus censores e, fato raro, que se explica, ainda que de modo privado, sobre seus relacionamentos.

Esquecemo-nos por vezes o quanto Gide, durante sua vida, suscitou ódio e ciúmes, quase tanto quanto admiração e fervor. Podemos avaliar isso pela sua estatura, sua influência sobre gerações de leitores e escritores. Há algo de socrático nessas linhas.

Há também extremo gidismo, esta reviravolta da situação, esta postura de defensor da ordem e da moral. Gide, demasiadamente protestante, não era Genet. Gide não precisa de modo algum ser desculpado, protegido.

Basta simplesmente lê-lo. Descubramos então este célebre *Pombo-torcaz* em sua autenticidade. Gide e Ferdinand em sua juventude eterna. Não como um arqueólogo exumando um papiro de uma tumba, mas como um diletante acrescentando a esse desconcertante quebra-cabeça literário chamado "Obras completas de André Gide" a pequena peça que estava faltando. Há 95 anos.

O POMBO-TORCAZ

Julho de 1907 — Bagnols
Ferdinand — O pombo-torcaz

Naquele dia (28 de julho de 1907), data das eleições do conselho da administração local, acontecia precisamente a festa de Fronton, a sede da região. Eug[ène] fora eleito, sem concorrentes e sem esforço. Músicas, luzes, fogos, tudo parecia explodir em sua homenagem. Depois da apuração do escrutínio, foi em Fronton que fomos jantar, com o albergueiro Lafage, o doutor Coulon e Fabre, o adjunto.

Serviram-nos *escargots* e tripas, que fingi comer; depois, um frango insuficiente. Mas, após o calor esmagador do dia, tínhamos mais sede do que fome, e excelentes vinhos foram vertidos em abundância. À mesa vizinha, comiam Raymond, o chofer, e os três ótimos ciclistas mensageiros, que R[ouart] encarregara de buscar as notícias e que tinham acabado de trazer de outras comunidades o resultado feliz das eleições. Eram eles Baptiste, seu irmão Ferdinand, e um terceiro, sem muita importância e que eu ainda não havia visto. O acaso me fez sentar perto de Ferdinand; nossas costas quase se tocavam. Quando, ao som da música, soltaram os fogos na praça, pude, sem demasiada afetação, inclinando-me na sua direção, apoiar minha mão no seu joelho. Ele sem dúvida sentiu que havia no meu gesto alguma intenção, pois me lembro bem que sorriu. O jantar se prolongava; minha vontade era me perder logo na festa com eles. O doutor, o adjunto, o albergueiro se lançaram numa discussão política com meu amigo e eu me esquivei, sem que praticamente se apercebessem. O jovem Coulon, filho do doutor, que vagava ao redor da mesa, me seguiu. Eu temia ter irritado aquele rapaz, tendo-o atormentado um pouco, oito dias antes, numa corrida de automóvel. Porém, ele se mostrou muito atencioso, oferecendo-se para me guiar. A grande rua da aldeia estava lindamente iluminada. As pessoas passavam apressadas e, numa espécie de praça estreita, uma orquestra medíocre tocava uma música para dançar. Inteiramente dedicado a mim, o jovem Coulon demonstrava extrema gentileza, que decerto não existiria se eu o tivesse aborrecido no outro dia.

Assim mesmo, foi ele que me convenceu a sair, um pouco mais tarde, naquela noite e, sob o pretexto de estar cansado, veio se sentar, na primeira oportunidade, bem perto de mim nos degraus de uma escada, um pouco afastada da multidão e num lugar coberto de sombras; essa alegria teria me bastado por toda noite.

Mas a multidão era sedutora e logo reencontramos os quatro com quem havíamos jantado. Raymond, de uma beleza regular e excessivamente destinada a agradar as mulheres, me deixava indiferente, não como Baptiste e, muito menos, Ferdinand.

[*Trecho suprimido*: Um ano mais jovem que seu irmão, mal o tinha visto ou reparado nele na fazenda. Custou-me reconhecê-lo. É verdade, estávamos todos cheios de alegria e vinho na cabeça; isso o tornava mais belo ou o fazia parecer mais lindo a meus olhos?]

Baptiste tinha dezesseis anos; Ferdinand, um a menos que seu irmão. Eu mal o notara na fazenda; a exaltação da festa o transfigurava. No entanto, eu não queria deixar clara minha preferência cedo demais e conversei com todos os quatro, animando-os a dançar, propondo convidar para eles aquelas a que se referiam como as garotas. Ferdinand vestia calças largas de pano que, apertadas na altura dos joelhos com tiras das sandálias, davam a ele um ar de mameluco. Seu casaco, leve e estreito, valorizava sua elegância. Não me recordo mais do chapéu que usava, mas lembro-me de que cobria parcialmente seus cabelos desordenados, que escorriam sobre sua testa. Sua camisa, entrevista sob o casaco, era de um azul sombrio, conforme a moda da região.

Eu caminhava de braços dados a um ou a outro; ao sabor da multidão e da noite, senti-me mais ousado. E toda essa ousadia parecia ser esperada por eles, pois se mostravam acolhedores àquilo que já não era mais uma audácia.

O velho Coulon, o médico, veio me repreender. Bruscamente, bateu no meu ombro: "Ei, está na hora de ir embora! Venha comigo." Etc. Fingi segui-lo e depois escapei.

Na esquina da rua, percebi na penumbra as figuras de Raymond e Ferdinand que, de comum acordo, pretendiam se encontrar e sair pela noite adentro. Por um instante, meu prazer foi ameaçado por uma inquietação: onde estão? O que estão fazendo?

Só um pouco mais tarde o jovem Coulon me deu a ideia de procurá-los perto do automóvel. Este fora estacionado na garagem do doutor. De fato, lá estavam Raymond e Ferdinand tentando fazê-lo funcionar. Aproximei-me do mais jovem e o interroguei: o que ele e Raymond iriam fazer? Mas nada me foi revelado. Entretanto, não estava com ar bravo e, enquanto o questionava, eu o acariciava com a mão, o sorriso e a voz.

Partimos. Eu teria ficado mais tempo; mas para quê? Ferdinand nos seguiu. Temi que o veículo avançasse rápido demais, que ele não conseguisse nos alcançar; mas não; valentemente pedalou com vontade e, nas ladeiras, chegou a nos ultrapassar.

Nesse meio tempo, conto o meu dia para R[ouart]: o encontro com Jean Coulon à margem do Garonne; sua reação a partir do meu primeiro ataque: "Justamente, o jovem Touja, ele ia me aprontar uma" (Touja, François, é aquele que apelidamos de "o Damasco" por causa de sua tez bronzeada; é o mais jovem do rebanho de R[ouart]). Quanto a Jean Coulon, apesar de sua boa vontade, é muito imaturo e não me excita senão o cérebro; todavia, experimentei um grande prazer ao seu lado. Ainda mais imaturo e, todavia, notavelmente bem constituído, é o jovem Lazare, irmão de Jean, que colho ao passar por um banco de jardim, ele todo estendido, como se fizesse a sesta, mas os olhos abertos, um atrevido vicioso e sonso, há três dias zombando de mim. Tantas coisas eu poderia falar sobre esse safado!

Esses dois durante o dia e o filho do doutor à noite me deixaram bastante esgotado. Era preciso, para reencontrar outros desejos, a ocasião extraordinária que a complacência de R[ouart] faria nascer. Talvez o próprio Ferdinand tenha mostrado alguma boa vontade. Pois, se não era o caso, por que ele nos acompanharia, o único do grupo, enquanto seu irmão e seus amigos continuavam se divertindo em Fronton? Recentemente, R[ouart] fez o máximo para me proporcionar prazer. Numa noite, fez vir o Damasco; certa manhã, me trouxe o grande Jacques. Não era culpa dele se essas volúpias, ao mesmo tempo demasiadamente arranjadas e demasiadamente precipitadas, me houvessem saciado muito pouco. Não lhe escondi que iria partir de B. ofegante, insatisfeito e miseravelmente inquieto. E eis que, agindo como um perfeito Candaule[1], ele prepara tudo: tendo de prolongar sua permanência no município, antes de voltar para casa, para conversar com alguns eleitores influentes, sai do automóvel e ordena

---

1. Candaule: rei da Lídia, morto por Giges, c. 687 a.C. Nesse mito, Candaule, obcecado pela beleza de sua mulher, pede a Giges, um de seus guardas mais amados, que a visse nua, indicando-lhe cuidadosamente o lugar e o horário em que ela tirava a roupa. Gide também escreveu uma peça chamada *Le roi Candaule*. [N.E.]

ao chofer para me conduzir até a passagem de nível, no local chamado de "três pontes"; ele acrescenta: "De lá, o senhor G[ide] poderá voltar a pé; Ferdinand o acompanhará."

Eu deveria ter perguntado a Ferdinand se ele estava contando com isso, o que esperava, o que queria nos seguindo assim de bicicleta. Arrependo-me de não tê-lo feito. Mas, logo que me encontrei a sós com ele na estrada, a ideia evadiu-se totalmente de minha cabeça e, a partir de então, senti apenas alegria, embriaguez, desejo e poesia. Caminhamos por algum tempo sob frondosas árvores. Ele saltou da bicicleta e passou a empurrá-la com as mãos. Caminhando bem perto de mim, deixava que minha mão descansasse sobre seu ombro ou sua cintura. Estava com o rosto molhado de suor. Quando deixamos as árvores para trás, fomos banhados pelo luar.

"Que noite linda! Que noite linda!", repetiu ele. Eu o pressentia, de corpo e alma, ainda mais trêmulo do que eu mesmo, e fui tomado por uma imensa ternura, após a rude excitação do dia todo. Andávamos a passos rápidos, pois, como eu pensava em conduzi-lo ao meu quarto, estava ansioso por chegar. Num momento, contudo, propus que parássemos. Ele deixou a bicicleta à margem do caminho e nos encostamos numa pedra. Como se estivesse bêbado, seu corpo se abandonou contra o meu; ainda em pé, apertei-o em meus braços. Sua fronte encostou com delicadeza em minha face; beijei-o. Ele dizia ainda: "Que noite linda!" Em seguida, meus lábios pousaram sobre os seus e ele começou a arfar suavemente, parecia o arrulho de um pombo. "Vamos para casa", eu disse. "Vamos até meu quarto, você quer?" "Se o senhor assim desejar." E retomamos então o caminho.

Num certo momento, ele me disse: "É uma pena que não tenha nenhuma." (Tenho a impressão de que ele disse isso antes de pararmos e nos encostarmos na pedra.). "Nenhuma o quê?", indaguei um tanto inquieto. Eu não estava entendendo. Por segundos, acreditei que se referia a si mesmo, a alguma particularidade incômoda, algo que estivesse faltando, e me surpreendi, pois já tinha constatado que ao contrário... "O senhor sabe muito bem", insistiu ele. "Não, não sei mesmo. O que você quer dizer, não tem nenhuma o quê?" "Nenhuma moça." Sem dúvida, ele me dizia isso por modos, por tradição e porque, ingenuamente, podia crer que eu o tomava por um tapa-buraco. "Eu não sinto a menor falta", disse-lhe. Depois indaguei: "Você já esteve com elas?" Um tanto confuso, respondeu: "Algumas vezes — não muitas." Certamente, teria sido mais honesto se respondesse: "nunca". Seu ser, sua conversa, mostravam uma extraordinária inocência da qual, diante de mim, parecia se envergonhar, tentando dissimulá-la. R[ouart] tampouco havia ainda se aproximado dele; e a aventura daquela noite lhe foi, creio eu, uma quase perfeita novidade.

Perto de casa, largou sua bicicleta sobre um arbusto. Fiz com que esperasse um pouco diante da porta do vestíbulo, que abri por dentro, após ter circundado o andar térreo pela cozinha. Eu agia com muita pressa. O que teria feito se não o encontrasse ali, iluminado pelo luar, atrás da porta que, com lentidão, entreabri? Embora a casa estivesse totalmente vazia, subimos a escada como dois ladrões.

Eis-nos dentro do quarto; eis-nos deitados sobre a vasta cama. Apago a candeia; abro a janela e as persianas deixando entrar inteiramente a noite e a lua.

"Isso, vamos ficar nus os dois!", exclama ele num tom alegre de criança que contrasta estranhamente com sua aparência de moça — quando começo a desvesti-lo. Nada é capaz de descrever a beleza desse corpo pardo sob a lua. Desengonçado dentro de seus trajes mal ajustados, eu não tinha imaginado sua beleza. Apenas um pouco menos infantil que o *Tireur d'épine*[2], sem nenhum constrangimento e sem excessivo impudor, ele se ofereceu ao amor com um abandono, uma ternura, uma graça que eu nunca experimentara antes. Sua pele bronzeada era suave e ardente, e eu a cobri inteiramente de beijos. Num momento, ele se precipitou, com ar divertido: "Isso! Vamos c[hupar] o p[au] um do outro." Pelo timbre de sua voz, porém, me convenci de que dizia isso para se exibir, não por vício, mas por vergonha de sua inocência e vontade de ir até o fim. "Você já fez isso?", perguntei. "Não, nunca. Mas já me disseram como é." Eu o detive em seu gesto, sendo eu mesmo pouco vicioso, opondo-me a estragar com algum excesso grosseiro a lembrança que iria nos deixar

---

2. Trata-se da estátua grega conhecida como *Spinario*, do século III a.C., e que reproduz um garoto tirando um espinho do pé. [N.E.]

aquela noite. Nunca vivi noite mais bela. Por momentos, interrompendo nossos jogos, eu me erguia, inclinando-me na sua direção, em meio a uma espécie de angústia, assombro, deslumbramento com sua beleza. Não, pensei, nem Luigi, em Roma, nem Mohammed, em Argel, possuíam ao mesmo tempo tanta graça e tanta força, o amor não conseguira extrair deles movimentos assim tão apaixonados e tão delicados.

É muito raro que, satisfeito, eu deseje prolongar a vigília. Mas naquele instante, custava-me enfrentar uma despedida. "Posso ficar o tempo que quiser", me dizia. Mas precisava acordar o rapaz cedo para trabalhar. E nós mesmos deveríamos partir de automóvel nas primeiras horas da manhã. Além disso, eu também temia que R[ouart] chegasse exatamente no momento em que Ferdinand estivesse saindo; que fosse visto pelo chofer... Já passava de uma hora da manhã.

Deixei-o partir. Pude ouvi-lo descendo a escada, abrindo a porta; fiquei observando pela janela do corredor; não consegui vê-lo atravessando o pátio.

R[ouart] chegou alguns instantes depois. Fiquei feliz em lhe falar; teria berrado de alegria para todo o mundo. R[ouart] ficou bastante exaltado com minha história e com o que lhe contava sobre aquele que logo passamos a chamar de "o Pombo-torcaz", porque a aventura do amor o fazia arrulhar suavemente durante a noite. Era tarde. Separamo-nos, mas nem um nem outro conseguiu dormir sequer um instante. Às quatro horas, nos levantamos. Devíamos pegar a estrada bem cedo. Mas as ocupações da véspera não me haviam dado tempo de preparar minha mala. Já eram cinco horas quando partimos. Íamos, depois de deixar minha bagagem em Toulouse, ver Paul Laurens na montanha Negra, em Galaube. A estrada era admirável, porém, muito mais longa do que pensávamos. Só chegamos por volta de uma hora, para o almoço. Durante toda a manhã senti meu corpo e espírito extraordinariamente bem dispostos, plenos de verve, como na manhã que sucedeu minha primeira noite com Mohammed, em Argel. Saltitante e feliz, eu teria caminhado muitas léguas; sentia-me dez anos mais jovem.

Posfácio

David H. Walker[1]

I
O POMBO-TORCAZ

André Gide viveu a aventura amorosa que conta em *O pombo-torcaz* em julho de 1907, durante sua estadia na casa do amigo Eugène Rouart (1872-1936). Este, engenheiro agrônomo, explorava uma importante propriedade agrícola em Bagnols-de-Grenade, na confluência dos rios Garonne e Hers, terras compradas

---

1. Professor da Universidade de Sheffield.

em 1902. Rouart e Gide se conheciam desde fevereiro de 1893. A partir de outubro de 1893, uma verdadeira intimidade se estabeleceu entre os dois amigos. Foi nas cartas que Gide enviou a Rouart, durante suas viagens pela África do Norte (1893-1894, 1895), que ele esboçou algumas páginas de *Os frutos da terra*. O personagem Ménalque, que aparece no breviário lírico, reapareceu em *La Villa sans maître* [A vila sem mestre], romance publicado por Rouart em 1898 e que, por sua vez, deu origem a esta "Vie de Ménalque" [Vida de Ménalque], narrativa anunciada por Gide quando comentou o romance de seu amigo — e que se tornaria *O imoralista*.[2]

Essas colaborações literárias se prolongaram, como veremos a seguir, no "romance do Pombo-torcaz", pois, como Ménalque, os dois

---

2. Ver André Gide, *Essais critiques*, edição de Pierre Masson, Gallimard, "Bibliotèque de la Pléiade", 1999, p. 101-12.

amigos sentiam atração por rapazes. Já em 1896, Rouart acompanhou André e Madeleine Gide em sua viagem de núpcias na África do Norte, e lá desfrutou, observado por Gide, os últimos favores do jovem Mohammed. Foi com ele que, no ano anterior, incitado por Oscar Wilde, Gide conheceu um êxtase tão intenso que resolveu assumir sua inclinação pederástica.

No dia primeiro de agosto de 1907, de volta à Cuverville, Gide faz anotações em seu Journal [*Diário*] sobre o "mês de sol" que acabava de passar no Sudoeste, e escreve:

> Eu narrei separadamente e coloquei num envelope (sete folhas bem grandes) (Bagnols — julho de 1907 — Ferdinand — O Pombo--torcaz) — a bela noite de 28 de julho.[3]

---

3. André Gide, *Journal 1887-1925*, edição de Eric Marty, Gallimard, "Bibliotèque de la Pléiade", 1999, p. 10-12.

Pouco depois, recebe de Rouart uma carta na qual, graças ao pseudônimo combinado entre eles, o futuro senador da região de Haute-Garonne se permitiu uma declaração codificada:

> Tenho o projeto de domesticar esse pombo-torcaz, cujo impressionante arrulhar te emocionou outro dia; eu me dediquei a isso no domingo; é a primeira vez que me interesso tanto por um pássaro.[4]

Gide, partindo na semana seguinte para Saint Brelade, na ilha de Jersey, instala-se na casa de Jacques Copeau. No dia 9 de agosto, Jacques conta o que Gide leu para ele:

> [...] algumas páginas de uma narrativa de sua estadia no Midi, na casa de Rouart. Trata-se

---
4. Carta de Rouart a Gide, datada de 31 de julho de 1907, conservada no Fonds Gide, da Biblioteca Literária de Jacques Doucet.

da aventura apaixonada que ele teve com um jovem de lá, quase virgem, o qual chama de "o pombo-torcaz", pois a volúpia extraía de sua garganta uma espécie de arrulho. Aventura esta das mais belas que já viveu, das mais líricas, das mais comoventes, e que tanto o rejuvenesceu.

Descobrimos nesses comentários o fato de que Gide transportara de Cuverville, "dentro de um envelope", essas páginas escritas imediatamente na noite de 28 de julho. A reação de Copeau merece nossa atenção:

> Longe de me inspirar uma aversão, como Gide parece temer, a narrativa me comove; ela me confunde e me inspira um apaixonado retorno de uma lembrança das minhas remotas volúpias.[5]

---
5. Jacques Copeau, *Journal 1901-1948, primière partie: 1901-1915*, edição de Claude Sicard, Éditions Seghers, 1991, p. 363, 9 de agosto de 1907.

Gide, que como sabemos costumava carregar consigo, por muito tempo, seus projetos literários, desta feita transgrediu seus hábitos: e isso foi ótimo, pois lhe permitiu antecipar-se a Eugène Rouart. Este, tendo talvez conhecimento do texto de Gide — sabendo ao menos que Gide o redigira —, decidiu também escrever o que sentiu em relação ao seu próprio encontro com Ferdinand. No dia 11 de agosto, após a leitura de um manuscrito que parece não ter sido conservado, Gide envia uma carta na qual recomenda a Rouart uma estética que, de fato, ele mesmo acabara de lançar mão em seu próprio "conto do Pombo-torcaz":

> Recebi as duas folhas de seu romance; ousaria eu censurá-las por deixarem a cena um tanto vaga? Os sentimentos, estes podemos facilmente imaginar; são os fatos miúdos que importam, que criam o relevo sobre o qual se sustenta o espírito; insubstituíveis; ininventáveis. Não se

sabe muito bem onde isso acontece, nem como; deverias, como Flaubert fez a Rouen, ousar situar as efusões que contas num local determinado, em Toulouse ou Bagnols... Porém, sem dúvida, já estás bem mais longe. Pouco importa: o que eu digo aqui pode se aplicar também depois.[6]

Enquanto isso, Rouart, a julgar pelo que responde no dia 16 de agosto, começou a redigir um romance, que ele considera apaixonado. Grande sentimental, para ele a obra literária é sobretudo o escoadouro que lhe permite se derramar. Aliás, ele está convicto de que as duas folhas enviadas anteriormente a Gide pressagiam um texto no qual poderá enriquecer sua inspiração, ainda em estado nebuloso:

---

6. Carta de Gide a Rouart, de 11 de agosto de 1907, conservada no Fonds Carlton Lake do Harry Ransom Humanities Research Center, Universidade do Texas, em Austin.

Escrevo com facilidade, as mãos ágeis, e começo [...] um romance cujo assunto me absorve bastante; creio que te interessará e que fui feito para exprimir os sentimentos nos quais penso nesse instante.[7]

Arrebatado pela lembrança ardente, privilegia Gide com páginas inéditas de seu romance. Lendo este texto efusivo, compreendemos como foram bem fundamentados os conselhos de seu amigo e apreciamos ainda mais a precisão do traço, a exatidão concreta da evocação que lemos da pluma do futuro autor de *Caves du Vatican*[8]:

---

7. Carta de Rouart a Gide, de 16 de agosto de 1907, conservada no Fonds Gide da Biblioteca Literária de Jacques Doucet.
8. *Os Porões do Vaticano*, tradução de Mário Laranjeira, São Paulo: Estação Liberdade, 2009.

Eles se encontraram numa manhã de verão num albergue da cidade, onde enfim se entregaram um ao outro. Era um domingo ocioso. F... trazia ainda sobre a pele as carícias do outro; voltariam a se encontrar ainda duas vezes, numa noite cálida dentro de um quarto com as janelas abertas, e outra vez furtivamente no meio de um dia sufocante, durante pouco tempo; este foi um dos mais belos encontros, deixando-os mais intensamente sedentos um do outro. Ao chegar, seu rosto sublime sorria, com um olhar [...] de lado. "Eu procurava por vocês", foram suas primeiras palavras. Houve então um ardor insano, beijos, carícias, ternura, embriaguez, alegria — e uma felicidade de se conhecer [...]

Ainda há muitas páginas a escrever — envio-te apenas uma vaga ideia.[9]

---

9. Carta de 16 de agosto de 1907, loc. cit.

Lembremo-nos que, nessa época, Gide enfrenta um período de esterilidade. Ele luta para reencontrar o entusiasmo que lhe permitirá retomar *La Porte étroite*.[10] Após *L'Enfant prodigue*[11], opúsculo brilhante que redigira "bruscamente" em fevereiro e março de 1907, sob efeito de uma repentina inspiração[12], o "romance do Pombo-torcaz" mostra Gide dando livre curso a uma inspiração mais nitidamente pederástica. Mas ele sabe que, por ora, seu manuscrito representa um impasse. Com certeza, está fora de questão publicar um texto tão explícito assim. Prefere, talvez, retomar de imediato outros, no que diz respeito à criação de textos literários, no lugar dessas experiências escandalosas que,

---

10. *A porta estreita*, Rio de Janeiro: Nova Fronteira, 1988.
11. *A volta do filho pródigo,* tradução de Ivo Barroso, Rio de Janeiro: Nova Fronteira, 1984.
12. Ver André Gide, *Le Retour de l'enfant prodigue*, edição de Akio Yoshii, Fukuoka, Presse Universitaire de Kyushu, 1992.

contudo, lhe são caras. Sabe-se que, na sequência de seu caso com Maurice Schlumberger, que partilhou com Henri Ghéon em 1904-1905, ele o encorajará, em 1907, a concluir seu romance *L'Adolescent*.[13] Mas se Gide decide-se pela prudência nos seus próprios projetos "coridonescos"[14], por outro lado demonstra uma certa inquietação (e mesmo uma ponta de ciúmes) ao pensar que Rouart poderá estragar a inspiração que têm em comum. Fim de agosto, ele escreve de Saint Brelade:

Os poucos indícios que me destes sobre teu romance do Pombo-torcaz, no começo, me preocuparam bastante. Não sem ansiedade,

---

13. Henri Ghéon, André Gide, *Correspondances 1897-1944*, edição de Jean Tipy e Anne-Marie Moulènes, Gallimard, 1976, pp. 678-679.
14. Referência à *Corydon* [*Córidon*], uma das mais importantes obras de Gide, composta de quatro diálogos. Esses diálogos, que tratavam da pederastia, começaram a ser editados a partir de 1911, separadamente, em pequenas edições e anônimos. [N.E.]

penso que, ao voltar para Bagnols, vais poder retomar essa história. Raramente senti tanta vontade de colaborar.[15]

O romance de Rouart, supondo que tenha sido concluído, nunca foi publicado. Nada garante, contudo, que dele um dia se encontre alguma pista; outros romances que Rouart imprimiu num número de exemplares reduzido (*Baudelaire et l'époque* [Baudelaire e a época], 1895) ou que conservou em forma de manuscrito (*La Maison du bien-être* [A casa do bem-estar], 1902) aguardam pela exumação em algum lugar... Por ora, o breve conto de Gide nos oferta, com mão de mestre, o núcleo da história.

*

---

15. Carta de Gide a Rouart, sem data (fim de agosto), conservada no Fonds Carlton Lake do Harry Ransom Humanities Research Center, Universidade do Texas, Austin.

Que sabemos sobre o personagem Ferdinand, que tanto marcou Gide? Um ano após o encontro fundamental, sabemos que o "Pombo-torcaz" ficou doente: é o que nos revela uma observação manuscrita do *De me ipse*, que Gide mantinha atualizado tendo em vista sua autobiografia. De fato, no dia 22 de agosto de 1908, Rouart escreveu a Gide: "Ferdinand tomou um banho de uma hora no Hers e está com o joelho todo inchado devido ao reumatismo, cuido dele."[16] Dois dias depois, a situação se agravou. Em carta datada de 24 de agosto de 1908, Gide lê:

> Saio do hospital onde fui deixar Ferdinand [...]: fiquei impressionado, apesar da gentileza dos médicos, o rapaz está com um inchaço suspeito no joelho — ele estava com uma

---
16. Carta de Rouart a Gide de 22 de agosto de 1908, conservada no Fonds Gide da Biblioteca Literária Jacques Doucet.

expressão de vítima, sua mãe cruel não queria deixá-lo partir. Ontem, durante minha ausência, vieram vê-los para que mudassem de ideia; não conheço nada tão comovente como lutar contra o medo e a ignorância de nossos camponeses — consegui convencê-los e extrair deles a confiança, mas não foi fácil.

[...] como bem conheces este sentimento que inspira o doente abandonado à barbárie; preciso te contar a emoção que senti hoje. [...] Os soluços de Philomène, mãe de Ferdinand, quando o tomei em meus braços para colocá-lo dentro do automóvel, ainda ouvi por muito tempo.[17]

---

17. Carta de Rouart a Gide de 24 de agosto de 1908, conservada no Fonds Gide da Biblioteca Literária Jacques Doucet. Somos levados a crer que a esposa do pai de Ferdinand, Rose Gauch, estava morta nessa época; Philomène, que Rouart pensa ser a mãe do rapaz, é na verdade a esposa de seu tio (ou primo) Gabriel. (Ver *infra*.)

Em 5 de outubro, Ferdinand está "ainda no hospital", onde se encontra melhor há dois dias, mas Rouart teme uma recaída: "Seus pais estão contrariados, dá pena vê-los, coitados."[18] Nessa época, Henri Ghéon faz uma visita em Bagnols e, nos dias 19 e 20 de outubro, escreve uma longa carta, na qual é mencionada a maior parte dos personagens encontrados no "romance do Pombo-torcaz". O doutor Ghéon conta sua passagem pelo hospital para anunciar que o "pobre Pombo-torcaz [...] está melhor. A perna ainda está rígida. Ele não recuperará todos os movimentos, mas poderá andar". O "amigo sincero" de Gide, que vê pela primeira vez "o Pombo-torcaz", acrescenta: "Confesso que fiquei um pouco decepcionado pela extrema palidez, o olhar lindo demais e os cabelos em estado lastimável."[19]

---

18. Carta de Rouart a Gide datada de 5 de outubro de 1908, conservada no Fonds Gide da Biblioteca Literária Jacques Doucet.
19. Henri Ghéon, André Gide, *Correspondances,* op. cit., p. 705-706, cartas de 19 e 20 de outubro de 1908.

Na mesma carta, Ghéon menciona de passagem uma visita aos pais do Pombo-torcaz, sem precisar suas identidades. Entretanto, uma carta de Rouart indica que Ferdinand é "o segundo filho de seu serviçal em La Mothe, Pouzac."[20] Ora, existiam em Grenade três ramos da família Pouzac, originária de Promilhanes (Lot), de onde, num período de intensa emigração, eles vieram, chegando a Saint-Caprais por volta de 1905. Ferdinand, nascido em Promilhanes em 1890, foi na verdade o primeiro filho de Firmin Pouzac, marido de Rose Gauch. Dois outros Pouzac, Baptiste e Gabriel, talvez fossem irmãos ou primos de Firmin — Gide parece se enganar ao ver em Baptiste um irmão de Ferdinand. Gabriel casara-se com Philomène Marie Laffon, porém nem ele nem Baptiste tinham filhos nessa época (este último se tornaria pai em 10 de junho de 1912,

---

20. Carta de Rouart a Gide de 24 de agosto de 1908, loc. cit.

de um menino chamado Firmin). Os três casais moravam na mesma casa, no local chamado La Mothe, fazenda dentro da propriedade de Bagnols, que se encontrava próxima ao castelo de Rouart. O segundo filho de Firmin, nascido em 15 de agosto de 1894, chamava-se Hippolyte; um outro irmão de Ferdinand, nascido em 21 de abril de 1902, chamava-se Gédéon.[21] O que se pode constatar é que, embora Gide lhe desse quinze anos em 1907, Ferdinand tinha dezessete.

Terá a doença de Ferdinand comovido Gide? Em seu *De me ipse*, anota laconicamente: "Viagem com Rouart a Bagnols, Doença do Pombo-torcaz — Rouart descontrolado."[22] No entanto, no dia 3 de setembro, Gide agradece Rouart por suas cartas que, diz ele, lhe "fizeram bem". Admite ter ficado com o "coração apertado"

---

21. Faço questão de agradecer a André Rocacher, que gentilmente me forneceu essas informações genealógicas.
22. Inédito. Arquivos de Catherine Gide.

antes de recebê-la.[23] A carta que Rouart escreveu em 5 de outubro tinha a intenção de manter Gide a par da doença, como a carta de Ghéon escrita nos dias 19 e 20 de outubro: o que prova que seus amigos reconhecem o interesse de Gide pela saúde do rapaz.

Encontramos outras referências ao Pombo-torcaz deixadas pela pena de Gide dois anos mais tarde: no dia 7 de abril de 1910, com apenas vinte anos, Ferdinand morre devido à tuberculose que o consumia desde 1908. Respondendo a uma carta de Rouart, que não foi conservada, mas que, muito provavelmente, lhe informava sobre o falecimento, Gide escreveu de Cuverville, em 9 de abril de 1910:

---

23. Carta de Gide a Rouart de 3 de setembro de 1908, conservada no Fonds Carlton Lake do Harry Ransom Humanities Research Center, Universidade do Texas, Austin.

Caro amigo

Sabes com que dolorosa emoção pude ler tua triste carta... Todos os meus pensamentos me levam a Bagnols, agora de manhã.

Gostaria de ir a teu encontro...[24]

À luz deste detalhe, não é difícil detectar o tom fúnebre em certa passagem melancólica do *Journal* em que, tendo retornado ao local do idílio, Gide escreve:

Margem do Garonne, 18 de agosto. Sentir voluptuosamente que é mais natural se deitar nu do que vestido. Minha janela está escancarada e a lua se projeta inteira sobre minha cama. Eu me lembrava com angústia da bela noite do Pombo-torcaz; porém, tanto no

---

24. Carta de Gide a Rouart de 9 de abril de 1910, conservada no Fonds Carlton Lake do Harry Ransom Humanities Research Center, Universidade do Texas, Austin.

coração ou no espírito quanto na carne, eu não sentia um desejo...²⁵

Aliás, não é a primeira vez que, depois da morte de Ferdinand, Gide tenta celebrar a "noite do Pombo-torcaz". Talvez seja preciso ver uma ligação entre o anúncio dessa morte e um primeiro esboço, datado de 21 de junho de 1910, de um episódio autobiográfico crucial. Gide se recorda do jovem Mohammed, que conheceu na África do Norte em 1895... "Desde então, cada vez que busquei o prazer, era atrás dessa primeira noite que eu corria." E conclui com parênteses: "Provei a mesma euforia, o mesmo alegre rejuvenescimento após a noite passada com o Pombo-torcaz."²⁶ Já nesse momento, o rapaz de Saint-Caprais ocupa um lugar de destaque

---

25. André Gide, *Journal,* op. cit., p. 647.
26. André Gide, *Souvenirs et voyages*, op. cit., p. 1113.

no céu interior do escritor, onde vem se juntar ao jovem árabe. E o autor permanecerá fiel a essa associação: na versão de *Se o grão não morre*, concluída em 1921, no final do parágrafo em que, lembrando-se de Mohammed, Gide evoca a "leveza da alma e da carne" que se seguiu à iniciação com este último.[27] O manuscrito conserva a menção: "Provei a mesma euforia depois da minha noite com 'o Pombo-torcaz.'"[28] Definitivamente, esta segunda reminiscência não terá lugar dentro da autobiografia, cuja cronologia é interrompida, conforme sabemos, em 1895. Mas fica evidente que o "romance do Pombo-torcaz" serviu para preservar contra o esquecimento um companheiro que Gide fazia questão de perpetuar na memória.

---

27. Ibidem, p. 310.
28. Ibidem, p. 1184.

II

ANDRÉ GIDE E EUGÈNE ROUART:
ASSUMIR A HOMOSSEXUALIDADE

Em *Os moedeiros falsos,* André Gide evoca o dilema do artista que procura realizar uma obra literária dando livre curso à sua inspiração mais íntima: "Feliz é aquele que consegue lançar mão de uma só vez dos louros e do próprio objeto de seu amor", são as palavras que ele coloca na boca do romancista Édouard.[29] Gide, por sua vez, conseguiu vencer muito bem essa aposta de criar obras nas quais se exprimem seus gostos homossexuais; além disso, contou sem rodeios como descobriu sua pederastia, especialmente em *Se o grão não morre.* Em *Córidon*, apresenta

---

29. *Les Faux-Monnayeurs*, em André Gide, *Romans, récits et soties, peuvres lyriques*, Gallimard, "Bibliotèque de la Pléiade", 1958, p. 1003 [Trad. bras.: *Os moedeiros falsos*, Mário Laranjeira, São Paulo: Estação Liberdade, 2009].

suas reivindicações quanto ao estatuto natural de suas inclinações. Sobre os detalhes de sua atividade erótica, basta recorrer às *Correspondances Gide-Ghéon*; por outro lado, o fiel Roger Martin du Gard assinalou várias confissões sobre os aspectos psicológicos e outros da sexualidade gideana, que, mais tarde, ele deu um jeito de tornar públicas.[30] De tudo isso, sobressai o retrato de um homem bem convicto, bastante à vontade em relação às suas inclinações e suas práticas amorosas. Entretanto, é preciso recordar que se trata aqui de um *corpus* de textos compostos após o fato: Gide reconstitui retrospectivamente a história de sua sexualidade. Resta saber como reagiu no momento; como pôde viver e assumir no dia a dia as realidades desse traço fundamental de sua natureza. Quanto a isso, a

---

30. Ver Roger Martin du Gard, *Notes sur André Gide* [Notas sobre André Gide], Gallimard, 1951.

amizade entre André Gide e Eugène Rouart foi de primordial importância. O filho do célebre colecionador e industrial Henri Rouart crescera em Paris, onde frequentou os cenáculos literários e os salões artísticos. Foi assim que Rouart e Gide se conheceram, em fevereiro de 1893.

Nessa época, Gide elaborava o projeto de uma viagem à Espanha com seu melhor amigo no momento, Pierre Louÿs: sua intenção era "abrir todas as portas para todos os eventos".[31] Todavia, ele não tinha total confiança em Louÿs para essa aventura em comum. No início de fevereiro, ele lhe escreve: "Assim que a primeira mulher se aproximar, tu não me darás mais atenção."[32]

Sabe-se que o próprio Louÿs acabou desistindo de acompanhar seu amigo, e talvez

---

31. Jean Delay, *La jeunesse d'André Gide* [A juventude de André Gide], vol. 2, Gallimard, 1957, p. 219.
32. Carta de Gide a Louÿs, 4 de fevereiro de 1893, citada por Delay, op. cit., p. 219. Foi no mesmo dia, ao que tudo indica, que Gide e Rouart se conheceram.

tenha sido melhor assim... O fato é que faltava a Gide um interlocutor atento e confiável para os assuntos relativos a seus apetites sexuais. Aí está a importância de Rouart: e a correspondência entre os dois amigos, umas oitocentas cartas, com as quais foi preparada uma edição[33], constitui um testemunho capital sobre a maneira como os homossexuais podiam aprender a reconhecer, realizar e reivindicar seus desejos, numa sociedade ainda longe de ser permissiva em relação a eles. A prova disso é que as circunstâncias, assim como a natureza do relacionamento entre esses dois amigos, provocaram trocas epistolares particularmente significativas. A ligeira diferença de idade fez com que um passasse por experiências que o outro talvez já tivesse tido e podia assim trazer algum esclarecimento,

---

33. Ver André Gide, *Correspondence avec Eugène Rouart* (tomo 1 e 2), Lyon: Presses Universitaires de Lyon, 2006.

relativamente mais importante. Não é à toa que certas passagens de *Os frutos da terra*, em especial a célebre "Carta a Nathanaël", foram esboçadas nas cartas que Gide escreveu a Rouart.

Da Espanha, para onde — apesar de tudo — ele viajou com sua mãe em março de 1893, Gide escreveu a seu novo amigo:

> Estou em Sevilha, onde me sinto desabrochar — tão feliz, que não estou sequer demasiadamente triste; a beleza da raça me enlouquece, e o odor das flores de laranjeiras. Não te esqueço[34].

Jean Delay cita esse texto, salientando que ele se endereça "a um amigo"; porém — lapso ainda mais importante —, o primeiro biógrafo

---
34. Carta de Gide a Rouart, "Sevilha, Quinta-feira Santa" [30 de março de 1893], conservada na Biblioteca Nacional da França.

de Gide substitui "raça"[35] pela palavra "cidade". Esta modificação capital dá à frase um significado bem distante daquele pretendido por Gide: e o erro se mostra ainda mais grave quando se percebe tratar-se de uma observação que mexe com uma questão essencial.

Sete anos mais tarde, ao chegar à África do Norte, durante a primeira etapa dessa viagem que marcará o início de sua verdadeira emancipação, Gide escreve a Rouart:

> A beleza das raças aqui nos enche de uma exaltação vagamente erótica, mas principalmente lírica; escrevo versos o dia todo. Vê-se nas ruas, nas praças, sudaneses soberbos, totalmente pretos; e imagina-se os países do centro do continente, onde são criados os negrinhos.[36]

---

35. Jean Delay, op. cit., p. 222.
36. Carta de Gide a Rouart, "Tunis, 4 de novembro de 1893", conservada na Biblioteca Nacional da França.

A que Rouart responde:

O que me dizes sobre a beleza das raças me deixa trêmulo; excluindo todo vício, a beleza da raça árabe, dizem, é sedutora. É terrível, nunca conversamos o suficiente, me pergunto o porquê, sobre essas coisas de viva voz, para que eu me arrisque a te falar por carta, talvez dando margem a equívocos, o que seria ainda pior.[37]

Aí está um assunto que os dois amigos não puderam até então abordar e que, consequentemente, deixará somente pistas escritas. No dia 24 de novembro, Gide responde, por sua vez, adotando diretamente o tratamento de *tu* no lugar do *vous*.

---

37. Carta de 8 de novembro, conservada nos Fonds Gide da Biblioteca Literária Jacques Doucet.

Eu sabia que ao falar de raças belas acabaria despertando em ti algum sobressalto. Divirto-me pensando como pude prever essa reação, demonstrando que te conheço mais profundamente do que imaginas.[38]

Esse detalhe nos permite supor que a expressão a "beleza das raças", utilizada por Gide, é um gesto codificado, de alguma forma, destinado a sondar seu correspondente e provocar justamente a confissão que acabamos de ler. Gide, de sua parte, prossegue:

Sim, com certeza, teria sido interessante falarmos sobre isso antes de nossa separação — ainda mais que, depois, o interesse será bem menor; teria sido muitíssimo interessante

---

38. Carta de Gide a Rouart de 24 de novembro de 1893, conservada na Biblioteca Nacional da França.

pois, apesar de tuas apreensões, tenho absoluta certeza de que teríamos nos entendido muito bem, senão melhor, sobre isso do que sobre qualquer outra coisa. E eu poderia te escrever então, tendo conversado antes, coisas desta viagem que não ouso contar neste momento, ainda que não me falte a vontade.

Quanto às "coisas desta viagem que não ouso contar neste momento, ainda que não me falte a vontade", podemos ter quase toda a certeza de que Gide alude aqui ao que ele chamará em *Se o grão não morre* um "pequeno episódio cuja ressonância em mim foi considerável", episódio ocorrido um ou dois dias antes, nas dunas de Sousse, onde o rapaz Ali, "nu como um Deus", se ofereceu a Gide "no esplendor da noite."[39]

---

39. *Si le grain ne meurt*, em André Gide, *Souvenirs et voyages*, op. cit., p. 279-280.

No dia 6 de dezembro, Rouart recebe com alguma hesitação esta forma de tratamento mais direta: todavia, ele afirma ter lido *La Tentative amoureuse* [A tentativa amorosa], que acabara de chegar às livrarias. Indicando que compreende melhor agora a ambivalência desse texto no que se refere ao desejo sexual, o amigo lembra que Gide e ele mesmo tiveram, em Paris, dia 5 ou 6 de outubro, bem antes de tomarem juntos o trem para Montpellier, uma conversa pouco concludente, ao longo da qual deveriam esquivar-se do assunto.

> Eu o reli, outra noite. Pude assim reviver muito bem a noite admirável em Paris, durante a qual nossas indecisões tanto nos aproximaram, e também me agradou muito teu livro.[40]

---

40. Carta de Rouart a Gide de 6 de dezembro de 1893, conservada nos Fonds Gide da Biblioteca Literária Jacques Doucet.

Logo após essa sequência de cartas, a doença pulmonar de Gide suspende a correspondência por algumas semanas. Quando retoma a palavra epistolar, volta a adotar o tratamento deferencial do *vous*, intimidando Rouart; entretanto, se olharmos para trás e consideramos o modo como sua convalescença renovou seus sentidos e desenvolveu seu espírito, ele observa:

> És um daqueles que melhor compreenderam meus pensamentos de então, demasiadamente graves ou impudicos; eis porque me fizeste tanta falta.[41]

Rouart, em contrapartida, sentia-se atormentado com o retorno do *vous*; e, de um

---

41. Carta de Gide a Rouart, "Biskra, 6 de janeiro [1894]", conservada na Biblioteca Nacional da França.

modo que se revelará característico, expressará para Gide o alívio que sentiu ao descobrir alguém que o compreende, em quem pode confiar. No mês de maio de 1894, chega mesmo a escrever:

> Acredito já ter te falado antes (de qualquer maneira volto a fazê-lo agora) dessa profunda amizade que sinto por ti, de quem gostei desde o início, pois era um ponto esperado pela minha alma; um ponto de referência que me chegou a tempo.[42]

Gide estava há pouquíssimo tempo de volta à Europa e já se empenhava em introduzir Rouart dentro do circuito formado por seus outros amigos. Com esse propósito, organizou uma grande reunião em La Roque.

---

42. Carta de Rouart a Gide em 24 de maio de 1894, conservada nos Fonds Gide da Biblioteca Literária Jacques Doucet.

Foi assim que Gide e Rouart puderam passar quinze dias juntos, em meados de agosto de 1894. Delay comenta: "Não se sabe quase nada sobre esses quinze dias de agosto em La Roque, pela simples razão de que os correspondentes habituais de André Gide estavam próximos a ele."[43] No entanto, podemos pensar que Rouart tenha ficado em destaque nessas semanas. E, de fato, encontramos ecos desse período em várias cartas. Gide escreve, por exemplo, a Madeleine em 23 de agosto de 1984: "Com Rouart, no começo de nossa estadia, estávamos ainda tentando agradar um ao outro — agora acabou, isso acabou entre mim e Rouart [...] não se trata mais de agrados realmente; agora já estamos num nível muito mais elevado."[44] Os dois amigos

---

43. Jean Delay, op. cit., p. 349.
44. Carta citada em André Gide, *Correspondance avec sa mère, 1880-1895*, edição de Claude Martin, prefácio de Henri Thomas, Gallimard, 1988, p. 723.

voltam juntos para Paris e, no mês seguinte, Gide escreverá a Rouart:

> Lembro-me de certas conversas (passávamos pela ponte de La Roque) em que colocamos acima de tudo, de toda a história íntima dos sentidos, a necessidade em relação a si mesmo de se levar uma vida inteira de maneira bela e decente. Naquele dia, tu me agradaste até o fundo da tua alma, que me pareceu então entrever.[45]

De sua parte, já no dia 21 de agosto, Rouart havia escrito para agradecer Gide por aquela "estadia em La Roque, que permitiu que se conhecessem quase completamente um ao outro". Seguem, nessa mesma carta, algumas observações bastante reveladoras:

---

45. Carta de Gide a Rouart de 23 de setembro de 1894, conservada na Biblioteca Nacional da França.

Mas, acima de tudo, a lembrança de nossas conversas predomina; tantas coisas aprendidas, tristezas e alegrias, mesmo naquilo que em tu tanto te assemelhas a mim; não, não é uma tristeza de saber-te tão parecido comigo (valho mais do que tal pensamento), mas tristeza de saber-te, tu, meu amigo, tão inquieto, tão atormentado, tão irresoluto quanto eu mesmo; e a alegria um pouco egoísta de constatar que, por fim, encontrei alguém com quem minha amizade nada tem a temer e a quem posso dizer tudo; [...] nós poderemos e saberemos nos apoiar nessa vida.[46]

A sequência dessa carta é composta de uma longa confissão de lutas que Rouart teve de travar para enfrentar seus desejos confusos.

---
46. Carta de Rouart a Gide datada de 21 de agosto de 1894, conservada nos Fonds Gide da Biblioteca Literária Jacques Doucet.

"Inquieto" ele sem dúvida o era; "atormentado", também; mas, acima de tudo, ele se revela "irresoluto", pois se interroga justamente para saber qual seria sua orientação sexual. A questão, ao que parece, está longe de ser resolvida, já que ao retornar para a cidade ele se confronta outra vez com os dilemas que o assombram:

> Mas sei que quero ainda lutar até uma cura, ou então até o abandono numa outra direção[...].
> Sentirei um pouco de vergonha, contudo, de andar no caminho de todos, desviando-me quando imperioso me vier o desejo; porém, espero escapar disso, seria a maneira de agir que menos me perdoaria.

Por trás dos eufemismos de uma outra época, perfilam-se os problemas que Gide levará vinte anos se preparando para mencionar abertamente. Sem dúvida, Rouart está dilacerado entre o desejo de viver "normalmente" e o receio de que, assim agindo, venha a sacrificar sua própria natureza. Ao mesmo tempo, assinala sua vontade de não "suprimir a moral; mas apenas apaziguar suas enormes inquietações". É evidente, todavia, que a dimensão moral intensifica uma inquietação psicológica que já o atormenta.

> O mais importante é poder, numa época determinada e próxima, viver normalmente — então se sabe o que se tem e o que não se tem, o que se quer e o que não se quer —; *é imprescindível que não haja arrependimento.*

Enquanto espera poder resolver essas questões de uma vez por todas graças à própria vontade, desconfia do imprevisto, dos acasos da vida que possam frustrar seus esforços; ele está assombrado principalmente por um espectro que se supõe ser o da masturbação, os "maus hábitos" que inspiraram *Les Cahiers d'André Walter* [Os cadernos de André Walter], dos quais *Se o grão não morre* fará uma crônica menos velada.

A partir desse momento, tanto Gide como Rouart estão determinados a explorar as consequências para ambos de seus impulsos homossexuais. A correspondência do outono e inverno de 1894 é crucial a esse respeito. Já na carta que acabamos de citar, Rouart se mostra receoso em relação a um livro que ele sabe que Gide levou consigo à La Brévine, onde havia decidido dar continuidade à sua convalescença.

Não considero que tu sejas forte o bastante para lê-lo, suponho que a mim fará um mal terrível, acho que contigo se dará o mesmo.

Trata-se de um livro de Albrecht Moll, traduzido do alemão com o título *Les Perversions de l'instinct genital. Étude sur l'inversion sexuelle basée sur des documents officiels* [As perversões do instinto genital. Estudo sobre a inversão sexual baseado em documentos oficiais]. A tradução francesa acabara de ser publicada, em 1893, e seu folheto publicitário atraíra a ira da sociedade defensora da moral, que processou judicialmente o editor por ultraje aos bons costumes.[47] A atitude de Rouart revela como ele considerava difícil o simples fato de abordar as questões que esse livro se propunha a examinar.

É possível avaliar a coragem moral de Gide pelo modo como, ao contrário de Rouart, ele considera essas questões com equanimidade, mesmo nesse momento em que sua liberação apenas se inicia — lembremo-nos que ele terá de esperar nove meses ainda, antes da iniciação decisiva, na companhia de Wilde.

---

47. A quarta edição do livro, contendo trechos das atas do processo que transcorreu ente 12 e 19 de julho, foi publicada em Paris, por Georges Carré, em 1893.

Sua resposta à carta angustiada que Rouart lhe escrevera no dia 21 de agosto começa, redigida em Saint-Moritz no dia 5 de setembro de 1894, com as seguintes observações:

> A esta carta não responderei. Prefiro falar sobre essas coisas a escrever sobre elas; agora nós nos conhecemos profundamente, nós nos reconheceremos para sempre; aguardando um reencontro em que poderemos conversar sobre o que bem quisermos, minha opinião é que será preciso que te livres sozinho dessa desordem de preceitos morais.[48]

Não obstante, convida Rouart a lhe escrever livremente sobre essas questões, se tiver vontade; ele próprio será talvez levado a retomá-las, se a ocasião se apresentar. Mas, por ora, insiste

---

48. Carta de Gide a Rouart de 5 de setembro de 1894, conservada na Biblioteca Nacional da França.

principalmente em dissipar um mal-entendido da parte de seu correspondente:

> Aliás, tu desdenhas um pouco de ti mesmo, parece-me, em tua excelente carta [...] sobre as inquietações que eu podia ter. Tudo isso, eu te garanto, é coisa do passado — não sinto mais, ou quase nada, essas perturbações e inquietações — e deve ser isso que me deixa menos desejoso de voltar a remexer nessas questões de fisiologia transcendente. Estou realmente, considero, tão bem quanto se pode pretender estar com esses veementes desejos.

Quanto ao "livro secreto", Rouart não tem razão para ficar assustado:

> Folheei-o rapidamente: ele me aborrece. Eu escreveria algo muito melhor sobre o assunto — me parece —, mesmo assumindo o ponto de vista social ou médico.

Espantou-me principalmente não reconhecer minha "doença" em nenhum dos casos assinalados — e ele pretende ter ali registrado todos...

Aí se encontra sem dúvida alguma o ponto de partida de *Córidon*, que Gide levará trinta anos para publicar e que terá o acompanhamento por vezes apreensivo de Rouart, por conta de sua prolongada gestação.

Todavia, nesse ínterim, Rouart leu o livro de Moll, conforme afirma no dia 4 de setembro:

> Comprei-o e li-o com avidez; achei-o excessivamente interessante, e seu autor, que às vezes me desagrada, me parece dotado de grande inteligência — não direi mais do que isso, conversaremos quando nos encontrarmos.[49]

---

49. Carta de Rouart a Gide de 4 de setembro de 1894, conservada nos Fonds Gide da Biblioteca Literária Jacques Doucet.

Mas Gide não escreveu ainda sua última palavra sobre este assunto; pois, de fato, não havia lido o livro detalhadamente; e quando conclui sua leitura é levado a escrever, no dia 14 de setembro:

> Ele é interessante e modificou, ou ajudou a modificar, minhas ideias. Fui injusto anteriormente, e quando te falei de aborrecimento é que o tinha apenas folheado, de modo muito rápido e negligente.
>
> O livro é muito bem feito, mas me parece que não diferencia suficientemente duas classes: os efeminados e os "outros"; ele os mistura de forma incessante e nada é mais diferente, mais contrário — pois um é o oposto do outro —, porque para a psicofisiologia o que não atrai repele, e uma dessas duas classes provoca horror na outra.[50]

---

50. Carta de Gide a Rouart de 14 de setembro de 1894, inédita, conservada na Biblioteca Nacional da França.

Este será o tema fundamental da teoria gideana da homossexualidade e que dará forma a *Córidon*: segundo Gide, existem categorias diferentes de homossexuais — os efeminados e os outros —, entre as quais reina uma hostilidade mútua.

Nessa mesma carta, Gide chama a atenção de seu amigo para uma armadilha que espreita a amizade de homens como eles. Após destacar que certas classes de homossexuais, que Moll omite em seu texto e que ele, Gide, trata de distinguir umas das outras, ele diz:

> Isso me leva a esta afirmação que considero como necessária. *Nenhuma de minhas amizades até agora se confundiu com alguma espécie de charme ou conflito sensual.* [...]
>
> E o que era verdade ontem ainda é verdade hoje; é importante afirmar isso para que a amizade não seja comprometida, e que não

se pressinta nela um princípio de perdição. Não ouso pedir nenhuma confissão tua sobre este assunto, pois se ela não for igual à minha isso me causaria uma pena infinita e eu começaria a sentir pena de ti. Assim, deveríamos todos os dois tomar cuidado.

Ora, Rouart tinha o temperamento talvez ardente e sentimental, mas era sobretudo suscetível: não lhe agradava ouvir falarem daquela maneira. Terá ele considerado grosseiras as observações de Gide? Difícil ter certeza. De qualquer forma, ele se declarou logo contrariado pelo "egoísmo" — a palavra é dele mesmo — com o qual Gide, tendo alcançado uma certa tranquilidade de espírito sobre essas questões, esquiva-se diante das "confissões" de seu amigo. Custou caro a Rouart reabrir as feridas antigas com o objetivo de preservar a franqueza entre amigos:

É preciso lembrar que sou mais jovem do que tu e me perdoar esta falta de raciocínio e sabedoria. Sou terrivelmente inquieto — e muito mau caráter — pois [...] não sou político; preciso me perdoar minha falta de jeito.

A verdade é que, voltando de La Roque, passei uma série de dias horrorosos, saltando de um extremo ao outro com grande violência.[51]

Em seguida, quando Gide, além disso, o previne em relação a um início de paixão sexual por ele, que teria detectado em seu novo amigo, Rouart toma todo o cuidado de precisar que nunca testemunhou tais primícias. Todavia, não nos escapa a suspeita de que ele se empenha com energia um pouco demasiada a se igualar à equanimidade superior

---

51. Carta de Rouart a Gide de 10 de setembro de 1894, conservada nos Fonds Gide da Biblioteca Literária Jacques Doucet.

demonstrada por Gide no que se refere a seus impulsos instintivos:

> [... *tua carta*...] me interessou bastante, me fez pensar em coisas que já havia imaginado. [...] pois encontro em meu caderno de anotações essas palavras escritas no começo deste mês: "Dois estados a definir, amor físico — amor sexual". Razão pela qual sem vergonha alguma, nem mesmo aborrecimento, posso, e me agrada, responder tua carta.
>
> Sem talvez ter-me dado conta, sempre observei uma enorme diferença entre um amor intelectual e um amor dos sentidos [...] para mim, um para onde o outro começa, e inversamente.[52]

---

52. Carta de Rouart a Gide de 20 de setembro de 1894, conservada nos Fonds Gide da Biblioteca Literária Jacques Doucet.

Tudo isso é feito para agradar a Gide. Dito isso, Rouart pode continuar num tom bem viril, destinado, acredita-se, a refutar a acusação implícita de ser um desses "efeminados": "Não lamento tua carta, que faz nascer esta explicação, que de início eu não considerei necessária, mas que talvez seja melhor oferecer." Segue uma lista de suas qualidades masculinas: embora tenha sido sempre franco e sincero em sua relação com Gide, soube esconder assim mesmo "a grande violência de [seu] caráter, de [seus] pensamentos, de [seus] atos". Entretanto, considera-se um "homem leal, pelo que pode merecer a estima de todos". Uma prova dessa franqueza: "em todos os ambientes que passei, fiz nascer por vezes o ódio, pois não dissimulo meus pensamentos." No entanto, homem viril que é, nunca foi objeto de "desprezo": "Sempre fui respeitado, mesmo por aqueles que por mim nutriam o ódio ou que tinham aversão a mim."

Como resposta, Gide procura sossegar seu amigo:

> Foi a leitura do livro alemão que fez pensar, talvez, num embaraço entre nós, a respeito de tu sabes qual assunto: de fato, não me encontrei nesse livro, ou muito raramente, e não sabia se tu te reconhecerias tampouco. Eis tudo, absolutamente tudo, e melhor que tudo seja assim.[53]

Este desentendimento não deve, contudo, nos fazer perder de vista o essencial das cartas trocadas por esses dois jovens durante o inverno de 1894-1895. Uma amizade, que irá durar até a morte de Rouart, fortifica-se nessa época, e o fundamento dessa amizade está contido numa fórmula que oferece Gide na

---

53. Carta de Gide a Rouart de 23 de setembro de 1894, conservada na Biblioteca Nacional da França.

sua carta de 14 de setembro de 1894. Gide faz absoluta questão de que nem ele, nem Rouart, nem sua amizade, nem a "idiossincrasia" que partilham, sejam objeto de qualquer desprezo ou piedade:

> [...] a piedade que nos ofereceriam, eu não a aceitaria. Eu diria: fiquem com ela; não sou nem um pouco um miserável. Sinto-me, ao contrário e sem cessar, mais feliz que os outros homens, e tenho a pretensão, apesar de tudo, de levar uma vida que mais tarde, me inclinando para ver meu reflexo, possa me achar belo. [...] Quero que aquele que me compreende possa se sentir orgulhoso de ser um de meus amigos. Não quero sentir vergonha. Mas, no momento, caro amigo, sinto que precisaremos ter ombros robustos, e convicções, pois, tu sabes, não quero hipocrisia — ela é suicida e mostra que ignoramos nosso valor.

A sequência dessa amizade será ditada em grande parte pela maneira que Gide adotará para viver a vida segundo seus belos preceitos. Às vezes, Rouart achará difícil ficar à altura desse ideal, mas terá o grande mérito de ter ajudado Gide a formulá-lo.

Fazemos questão de agradecer a Catherine Gide por nos ter amavelmente autorizado a consultar e publicar documentos inéditos de seu pai. Da mesma forma, somos gratos ao finado Olivier Rouart, que generosamente nos autorizou a publicar as cartas, na ocasião inéditas, de seu pai, Eugène Rouart. O Harry Ransom Humanities Research Center, da Universidade do Texas, em Austin, nos permitiu consultar e reproduzir as cartas de André Gide conservadas no Fundo Carlton Lake.

Durante a preparação da edição da *Correspondance Gide-Rouart*, subvenções do Arts and Humanities Research Board, do Leverhulme Trust e da Andrew Mellon Foundation nos ajudaram muito, assim como o encorajamento generoso de Catherine Gide e de Olivier Rouart.

Obras de André Gide
na Estação Liberdade

Os moedeiros falsos

Diário dos Moedeiros falsos

Os porões do Vaticano

O pombo-torcaz

ESTE LIVRO FOI COMPOSTO EM SIMONCINI
CORPO 13/20 E IMPRESSO SOBRE PAPEL
PÓLEN BOLD 90 g/m² NAS OFICINAS DA
GRÁFICA ASSAHI, SÃO BERNARDO DO
CAMPO – SP, EM NOVEMBRO DE 2009